這本書的主人是

給我的哥哥克里斯多福，他陪我拆掉了小車輪。

謝謝大衛激發出的靈感火花。

感謝賽凡娜、安一克萊兒和艾洛伊絲珍貴的協助。

© 我的小車輪

文　圖	賽巴斯提安・佩隆
譯　者	陳太乙
責任編輯	楊雲琦
美術設計	黃顯喬
版權經理	黃瓊蕙
發 行 人	劉振強
發 行 所	三民書局股份有限公司
	地址　臺北市復興北路386號
	電話　(02)25006600
	郵撥帳號　0009998-5
門 市 部	(復北店) 臺北市復興北路386號
	(重南店) 臺北市重慶南路一段61號
出版日期	初版一刷　2018年12月
編　　號	S 858691

行政院新聞局登記證局版臺業字第○二○○號

有著作權・不准侵害

ISBN　978-957-14-6501-2　(精裝)

http://www.sanmin.com.tw　三民網路書店

Mes Petites Roues
Text and illustrations by Sébastien Pelon
Original French edition and artwork © Flammarion 2017
All rights reserved.
Text translated into Complex Chinese © San Min Book Co., Ltd. 2018
This copy in Complex Chinese can be distributed and sold in Taiwan, Hong Kong and
Macau, no rights in PR of China.

我的小車輪

賽巴斯提安‧佩隆／文圖

陳太乙／譯

三民書局

今天的天空有點灰，
是那種最好不要出門的天氣。

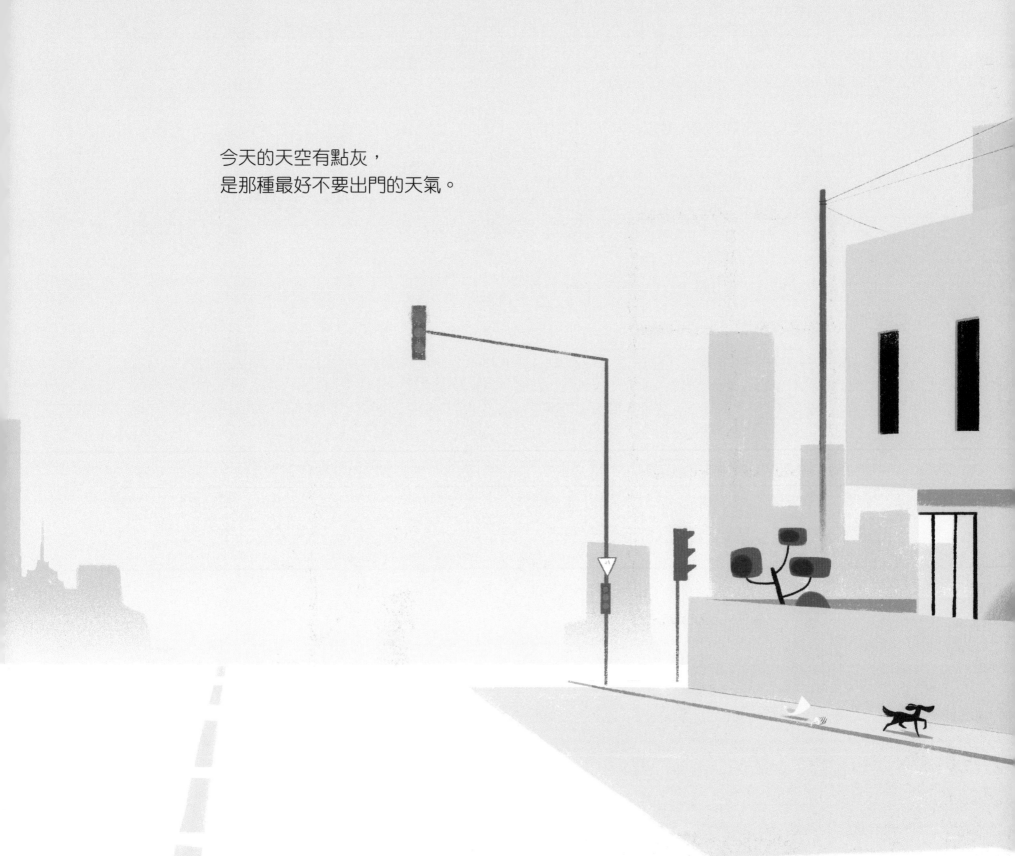

待在房間裡好無聊，
玩具玩過了，書也看了，著色、畫圖、剪貼都試過了⋯⋯
我不知道還能做什麼。

我的小寶貝，
到外面去玩吧！
會比待在家裡有趣多了喔！

是媽媽。
我討厭她叫我「小寶貝」。

路上小心，
別跑太遠！

路上連個影子也沒有，應該說，幾乎沒有⋯⋯

我回頭看，發現一個奇怪的東西逐漸靠近。
毛茸茸的一團，戴著一頂粉紅毛線帽，騎著一輛小小的單車。
他經過我面前，還朝著我看。
我跳上自己的車，跟在他後面。

於是我們出發了。

咻 咻 咻 咻 咻

嘿！

等等我！

這兩個小車輪
害我什麼也
做不了！

他到底什麼時候
才要停？

嘻嘻嘻

真是夠了！
我要拆掉我的
小車輪！

啪噠！

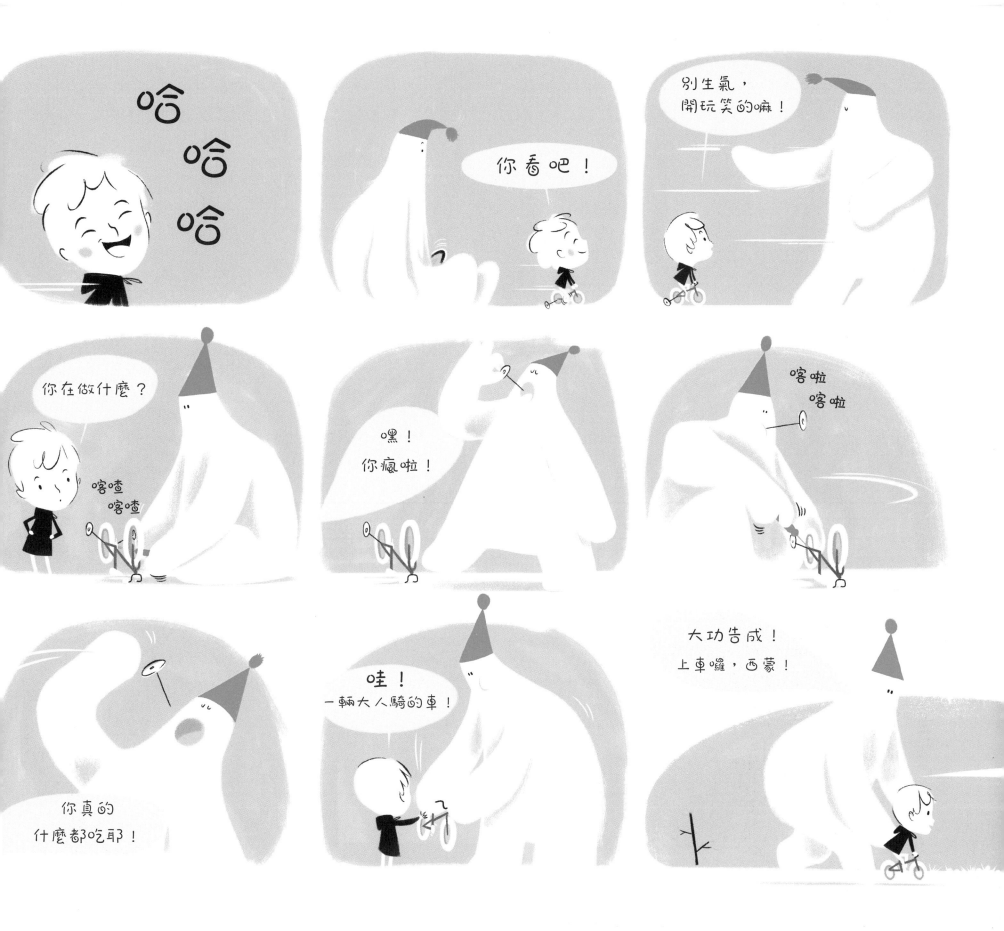

我很喜歡涼風迎面吹來的感覺。
高大的他，就在那裡，
在我身後，讓我很安心。

在我們又哭又笑之後，
是該休息睡個午覺。
小河輕唱搖籃曲，
陽光把我們晒得暖烘烘。

成功了!
現在換我騎在前面。
我真的好開心,
越騎越快……

只是……我還不知道怎麼煞車！

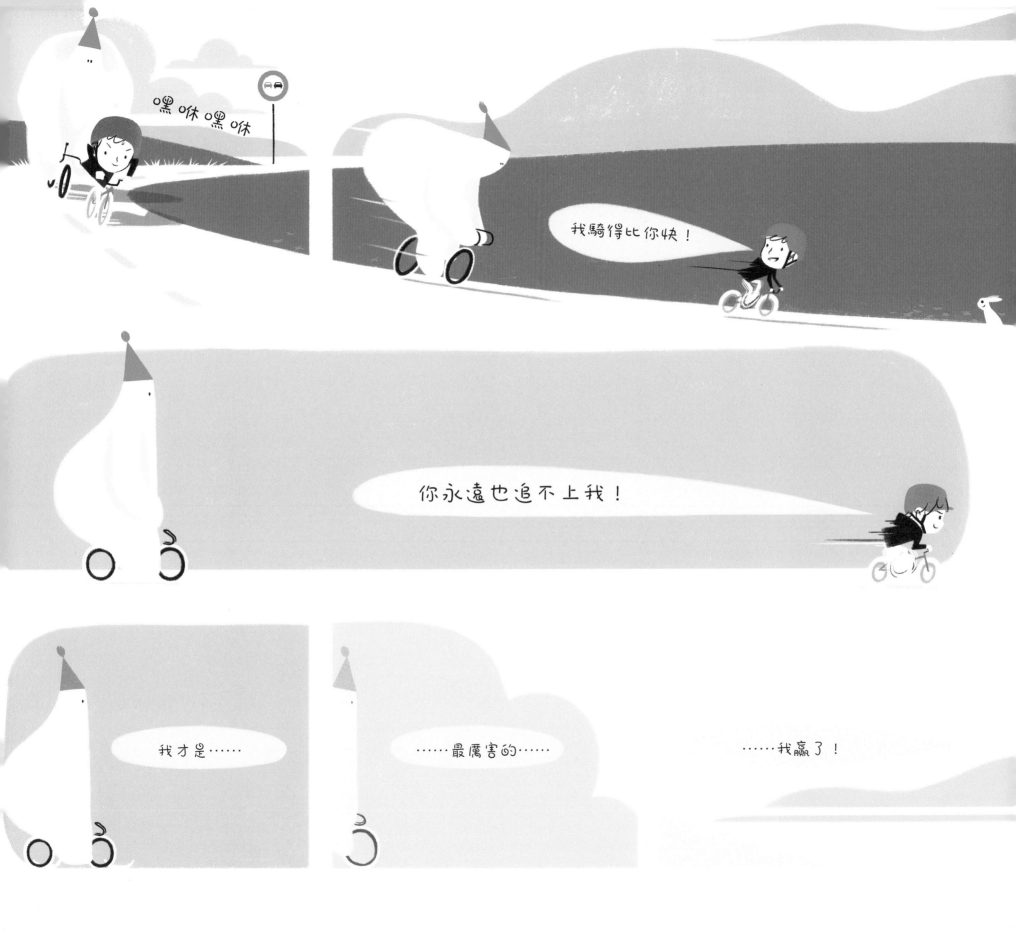

當我回過頭，
路上只剩下我一個人，他不見了。
我感到失落。

我有點害怕，
但我還是直直的看著正前方，
就像他教我的那樣。
我知道該走哪條路。

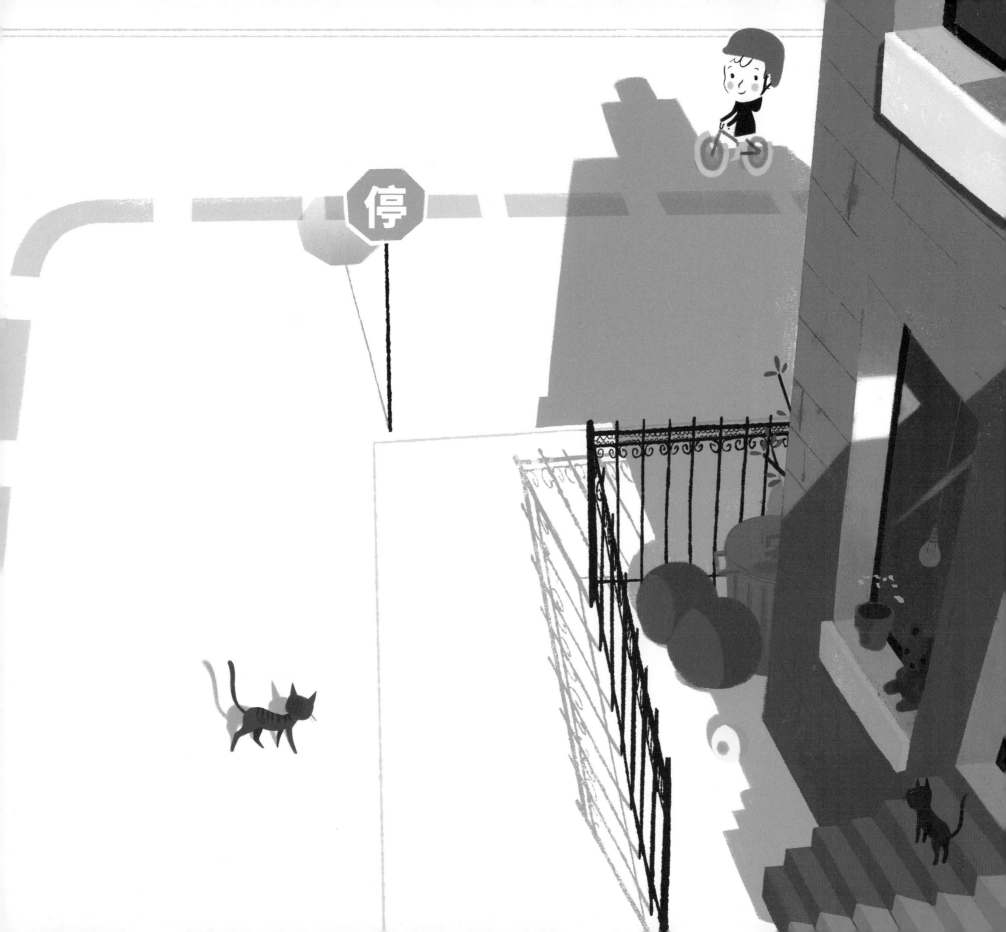

天氣放晴了。
我慢慢的騎回家。
我心裡有點難過，但也覺得很驕傲。
我好想把這一切告訴爸爸媽媽，
但誰會相信我的小車輪被一團大毛球吃掉了呢？

我小心的把車停好。
頭上戴著安全帽，膝蓋上貼著OK繃：
現在，我又長大了一點。

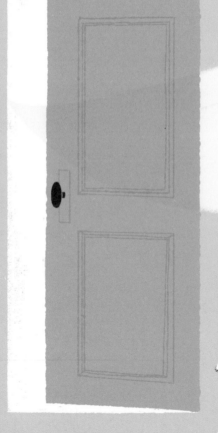

超級單車
〜 **選 手 證 書** 〜

_____年___月___日，
你拆掉了小車輪。
現在，你能像個大人一樣的騎車了！

可喜可賀！